惊人的诗

茗芝 著

陕西新华出版
太白文艺出版社·西安

图书在版编目（CIP）数据

惊人的诗 / 茗芝著. -- 西安 ：太白文艺出版社，
2025. 1. -- ISBN 978-7-5513-2845-6

Ⅰ. Ⅰ227

中国国家版本馆CIP数据核字第202474LN10号

惊人的诗

JINGREN DE SHI

作　　者	茗　芝
责任编辑	赵甲思
策　　划	泥流文化传媒
封面设计	四叶草
版式设计	建明文化
出版发行	太白文艺出版社
经　　销	新华书店
印　　刷	三河市华东印刷有限公司
开　　本	787mm×1092mm　1/16
字　　数	80千字
印　　张	12
版　　次	2025 年 1 月第 1 版
印　　次	2025 年 1 月第 1 次印刷
书　　号	ISBN 978-7-5513-2845-6
定　　价	49.80 元

目录

5

惊人的
诗

7

9

狮子

母狮子呀，你的儿子
怎么一到城里
都变成了石狮子呀

2014 年 2 月

女儿诗

我爸爸喜欢写女儿诗
要是我来写
就只写"女儿"两个字
把一张纸写得满满的
读这首诗的人
眼睛里只有女儿

2014 年 2 月

伤残字

爸爸带我练习
汉字偏旁
快写满一张纸
我不想练了
格子里关着的
全是伤残字

2014 年 3 月

镜子

一块河面
跑到我家
站到墙上

2014 年 3 月

家具长出耳朵

老爸一个人
在客厅里读诗
家具都长出了耳朵

2014 年 3 月

酒瓶子为什么不醉

爸爸
你喝醉的时候
东倒西歪
可是酒瓶子装满酒
为什么稳稳的
一点也不醉呢
酒自己
为什么也不醉呢

2014 年 6 月

他们不需要我造字了

我出生得太晚
他们都不需要我造字了

2014 年 7 月

人该有多么小

如果地球只有巴掌大
人该有多么小

2014 年 8 月

打架

广州的人和西安的人

怎么打架

相隔一百米的人

怎么打架

打架的人必须没有距离

紧紧拥抱在一起

2014 年 10 月

乖乖乖

妈妈的世界只有乖

骨头刻五百个乖

血管里流一千个乖

心里装满乖

估计做梦也在喊乖

放屁都像说乖

我睡觉吃饭弹琴上学

什么时候都只能乖

我想多玩会儿，我想淘淘气

却被乖乖乖拦住

2014 年 10 月

呼吸上面的新鲜空气

妈妈

请将我抱高一点

我要呼吸

上面的新鲜空气

2014 年 12 月

不要站在风口说话

爸爸

不要站在风口说话

你看风

把你的话捉走了

2015 年 1 月

它有多么香

今天中午
老师叫醒我时
我的勺子离雪糕
只有一毫米远了
奥利奥加草莓味的雪糕
你们不知道
它有多么香

2015 年 5 月

我画的树太漂亮了

我画的树
太漂亮了
接下来画的鸟
画的云
画的池塘和花朵
都配不上它

2015 年 5 月

不得不在黑暗中睡觉

我一点也不喜欢黑暗
只喜欢光明
可是我每天不得不
在黑暗中睡觉

2015 年 7 月

用鼠标搜索树叶

爸爸，游泳池里的树叶
看得到的我都捡起来了
看不到的
你去搬台电脑来
用鼠标搜索吧

2015 年 7 月

惊人的诗

看到路边的花

爸爸让我写一首诗

可是婆婆妈妈的诗

花花草草的诗

和日记有什么区别呀

大家都这么写

没什么意思

我要写不一样的诗

惊人的诗

2015 年 9 月

星星为什么会发光

星星为什么会发光

星星本来是不发光的

因为星星后来充满了宇宙所有的电

所以宇宙变暗了，星星变亮了

2015 年 9 月

这才是爱情

爸爸在单位加班

妈妈在锅里给爸爸留了

包子、青菜

在餐桌上放上

爸爸爱嚼的青橄榄

给爸爸榨了一杯苹果汁

这才是爱情

2015 年 10 月

爸爸的胡子像蚂蚁

爸爸的胡子像一群蚂蚁

在他的脸上爬呀爬

但爸爸很冷静

我问爸爸：

"您怕蚂蚁爬到您脸上吗？"

可爸爸回答怕

2015 年 10 月

天空

天空真美丽呀
只有辽阔的大地配得上
只有清清的河水配得上
只有新鲜的空气配得上
只有茂盛的花草配得上
只有可爱的动物配得上
只有白白的云朵配得上
只有这个好看的世界配得上

2015 年 11 月

狗的悲剧

小狗托比

第一次和笔笔见面

就亲嘴

它们马上变成

小狗版的

罗密欧与朱丽叶

2016 年 1 月

托比要写笔记

我爸出差回家

小狗托比又蹦又跳

盯着爸爸看

盯着爸爸的旅行包看

盯着爸爸

买给我的礼物看

我感觉托比

要写观察笔记了

2016 年 1 月

魔法师

我们的老师
是魔法师
每天变出
一座作业泰山
让我们移

2016 年 1 月

不想爸爸出远门

我爸休假半个月
去新加坡、马来西亚、泰国
我想把小狗托比
改名"新加坡五天""马来西亚五天"
"泰国五天"
我爸就不用出远门了

2016 年 1 月

所以

我还小

我是个女的

我是剖宫产生的

所以

跑去喝水的小狗托比

掉进湖里

我不会去救它

2016 年 1 月

骗你是小狗

妈妈把小狗托比放出来

对它说

你可不能随地拉屎撒尿哟

托比回答

好的，我一定做到

骗你是小狗

2016 年 1 月

遥控器

反正我就用遥控器
遥控小狗托比
我变换多种模式
让它跑、跳、趴下
它基本上让我满意

2016 年 1 月

没学狗语

小狗托比
和小区的一只狗
对着叫
是吵架，还是聊天
我也不知道
我没学狗语

2016 年 1 月

再晚一点

我爸和我

晚上到公园遛托比

后来老爸说

有点晚了，回家吧

要不然你妈会骂人

我说那就再晚一点回

让老妈没时间骂人

2016 年 4 月

哭声太大

我爸说我小时候

哭声震翻屋顶

我说还好

没有把地球震到别的地方

让你们看不到太阳

2016 年 5 月

妈妈喊我起床

我对妈妈说

如果家里来客人

我就起床

如果我可以不做作业

我就起床

如果允许我不起床

我就起床

2016 年 5 月

导航

我在睡觉前

启动导航

看看梦中的路

怎么走

2016 年 7 月

和灵感签合同

我爸说

我每写一首诗

就奖励一瓶酸奶

让我爸

和灵感签合同吧

2016 年 8 月

作业多

我感到今天的作业

需要两千零一个作业本

才可以做完

我把作业放进房间

就赶紧溜出房门

怕被作业挤死

2016 年 9 月

消防员

感冒发烧要多喝水
因为身体里有火
要用水来浇一浇
自己就变成了
自己的消防员

2016 年 9 月

小火花

爸爸妈妈夸我
英文歌唱得好
我的金嗓子
让我的心绽放一朵
愉快的小火花
世界上所有的水
都不是无情的
它们不忍心
把这朵小火花浇灭

2016 年 10 月

托比姓什么

小狗托比

很不争气

明明允许它

跟我姓刘

可每次问它姓什么

它都说姓汪

2016 年 10 月

考级

小狗托比让我摸它

我没有摸它

它汪汪汪哭了

哭得那么有节奏

那么专业

一定是考过级的

2016 年 10 月

乐观的狗

我把语文试卷

给托比做

托比得了零分

可托比仍然快快乐乐

我觉得托比

是只乐观的狗

2016 年 10 月

充电宝不见了

爸爸在家到处找充电宝

看爸爸着急的样子

我安慰爸爸

充电宝看你这么晚不回

飞出去找你了

等一下会自己飞回来的

2016 年 12 月

忘记

爸爸接我放学

忘了带钱包

忘了带钥匙

我说

钱包不能来接我

钥匙不能来接我

所以

爸爸没忘带爸爸

就可以了

2016 年 12 月

钱不好吃

爸爸
不要舍不得花钱
钱买的吃的
再不好吃
也比钱好吃

2017 年 1 月

一鱼两吃

爸爸要我不钓鱼
不杀鱼
可是爸爸和我讲
写作一材两用时
举的例子
是一鱼两吃

2017 年 1 月

捏屁股

和爸爸妈妈合影

我两只手

偷偷地

使劲捏他们的屁股

他们一定很痛

但还得强颜欢笑

2017 年 1 月

循环不已

我一高兴

就有灵感

一有灵感

就写好诗

一有好诗

就会发表

一旦发表

就有稿费

一有稿费

就买吃的

一有吃的

就会高兴

一旦高兴

又有灵感

循环不已

2017 年 1 月

坏人

我爸说
坏人总是
从阴暗的地方出来
今晚散步
我抬起头
看到天空好阴暗
好担心掉下坏人来

2017 年 2 月

啥时能做一匹野马

课间玩着玩着正开心
上课铃响了
上课听着听着正入迷
下课铃响了
吃饭吃着吃着正享受
被叫去弹钢琴了
钢琴弹着弹着正陶醉
被催去读英语了
英语读着读着正来劲
被打断该洗澡了
洗澡洗着洗着正舒服
被要求去睡觉了
睡觉睡着睡着正香甜
被叫醒该起床了
啥时候能做一匹
脱缰的野马啊

2017 年 2 月

保险

妈妈老爱偷看

我写的东西

我想让爸爸

给我买个

保险柜，保险房

保险国，保险地球

2017 年 2 月

去了一趟古代

我的爸爸

几天不见

回来时带给我一些

古人读的书

我的爸爸

去了一趟古代

2017 年 3 月

炸弹

爸爸看见草地上

有个别致的水壶

想去捡起来

我说不能捡

可能是个炸弹

专炸有好奇心的人

2017 年 4 月

咱家龟

菜市场的一只龟龟

如果跟别人回家

就在餐桌上面

现在跟我们回家

就在餐桌下面

2017 年 4 月

生气

爱因斯坦好烦

我真的生他的气了

搞出那么多名言

老师让我们背

可一点也不好背

2017 年 4 月

狗蛋

要是小狗托比

能下蛋

我就能吃上狗蛋了

我也不会全吃

留一些

给它孵狗崽

2017 年 4 月

爸爸的爱不过期

一颗好看的糖

爸爸给我买的

我舍不得吃

一直留着

今天一看

过期了

但爸爸的爱

不过期

2017 年 4 月

好吧

我问爸爸
会不会和我一起
参加诗赛
爸爸说会
好吧
又多了一个
我可以战胜的诗人

2017 年 5 月

脱不下

爸爸接我放学
回到家里
爸爸的鞋子竟然脱不下了
不会吧
爸爸的脚难道
在回家的路上长大了吗

2017 年 6 月

后悔

托比朝我吠几声

我不喜欢

用脚踹了它一下

马上后悔了

它吠的可能是

我爱你，我爱你

2017 年 6 月

凉风

很多同学

桌面都有小风扇

我看着他们

享受凉风

再盯着自己的手表

恨不得表针

转出凉风来

2017 年 7 月

沙漠杀手

一种毒蛇

横着行走

像漂亮的海浪

2017 年 8 月

卖结

心烦的事

好像一个结

一个结解开

两个结解开

三个结解开

十个结咋办

不如卖掉吧

一举两得

2017 年 8 月

笑里藏刀

老师微笑着

走进教室

老师微笑着

走到我面前

我也微笑着

心里充满了亲切感

老师微笑着对我说

茗芝同学

请把

"我不能迟到"抄三十遍

2017 年 9 月

缘分

我踢了一下灌木丛

踢掉一根小枝

我把它带回家

用洗手液清洗

再用一根红带子

把它系上

为什么呢

因为

我坚信它和我是有缘分的

2017 年 9 月

细腿

一个阿姨

走在我前面

那双细腿

可以用来夹菜

2017 年 10 月

忠诚

全家外出之际

不知小狗托比溜出房门

玩一整天才回来

发现托比蹲守在房门口

我们把托比

当成生活的一小部分

可是托比

将我们当成它的全世界

2017 年 10 月

为难

我问爸爸

你昨天写的书法

好不好呀

爸爸自豪地说很好

哎呀

我好为难呀

要不要把

托比咬坏爸爸书法的事

告诉爸爸呢

2017 年 10 月

作业

真惨啊

老师已经不满足于

布置课堂作业与家庭作业了

午间作业新鲜出炉

全场痛哭

我想

以后可能发展到

宵夜作业

2017 年 11 月

意思

放学回到家

发现家门口

左边坐着一个小女孩

右边坐着一个小女孩

她们看起来仅一岁多

都在玩树叶

我觉得很有意思

但又不知道

是什么意思

2017 年 11 月

好手气

我一生中
最好的手气就是
投胎投中了人
还投中了
爸爸妈妈这个家

2017 年 12 月

气死

爸爸指着
一动不动的龟龟阿好
大叫道:
"阿好死啦,臭啦!"
阿好慢慢地伸出头
生气地想:
"没死呢,
活着差点被你气死!"

2017 年 12 月

可怕现象

上课时

一个同学突然冒出

一个水痘、两个水痘

三个、四个……

然后

老师把他送回了家

2018 年 1 月

有点担心

爸爸说他

梦里还做梦

好多层梦

有点担心爸爸

把梦做到一千层

一层一层醒

三天才能醒来

2018 年 1 月

外国的月亮

外国的月亮

是不是比中国的圆

我不知道

我知道外国的邮票

一点不如

中国的漂亮

2018 年 2 月

细节体现爱

爸爸睡觉时

都把拖鞋放到床尾

而不是床的旁边

怕绊倒我

2018 年 2 月

老狗

同学家养了一只狗
活了二十多年
身体挺健康的
但不知道为啥
带它去海边玩时
它突然冲到海里
再没有出来

2018 年 2 月

母性

小狗托比
在家里发现
一只木头小狗
就一直把它
当成自己的孩子

2018 年 3 月

看电视

一个冒险家
抓到一只大青蛙
点火烤了
撕开来吃
青蛙的腥味
从电视里飘出来
往我鼻子里钻

2018 年 4 月

同一个梦

我爸梦见
和小狗托比对话
托比说人话
他也不奇怪
我认为托比
同时做了这个梦

2018 年 4 月

一家车

一辆大车
后面拖着一辆车
背上还趴着
一辆小车

2018 年 4 月

蛇龟

龟龟阿好的脖子
可长了
它会不会是一条
占用了乌龟壳的
蛇

2018 年 5 月

担心

我曾担心

小狗托比是狼

现在又担心

龟龟阿好是蛇

如果我养只猫

会不会担心

那猫是老虎

2018 年 5 月

催婚

托比快四岁了

到了谈婚论嫁的年龄

我才知道

母亲催婚

是这个心情

2018 年 5 月

路障

一辆路障清理车
横在马路上
成了路障

2018 年 5 月

幸福论

爸爸问我
谁比我更幸福
我说
是爸爸
因为
爸爸拥有
世界上最幸福的女儿

2018 年 6 月

慈父手中线

爸爸在半夜

花两个小时

给我缝了一条

又好看又好用的

手表带

2018 年 6 月

家有喜事

我的弟弟

现在是人中人

我的妈妈是人外人

我是人中人的姐姐

人外人的宝贝

2018 年 6 月

消息

妈妈

我告诉你一个好消息

一个坏消息

好消息比太阳还大

坏消息比芝麻粒还小

2018 年 7 月

蚁王

我的同学

不小心踩死了

蚁王

我看见

很多蚂蚁围着它转

有的还想把它

拖回去

2018 年 7 月

身价

刚吃了一个

很贵很贵的猕猴桃

顿时感觉

自己身价又涨了

2018 年 7 月

马路天使

穿黄马甲的

志愿者

天天站在交通路口

爸爸说

有红绿灯

他们显得多余

我说

色盲需要

2018 年 7 月

超人

我要什么
我妈都能给我
连我想要的弟弟
都能给我
我妈是超人

2018 年 8 月

管好你家的灵感

爸爸说
今天灵感乱撞
一下写了九首诗
我说
管好你家的灵感
别让它们
跑去别人家作怪

2018 年 8 月

惊人的诗

藏头诗

我认为

爱不仅是

写一些肉麻的

诗歌

2018 年 8 月

相亲的狗

相亲节目上

主持人说

请男嘉宾登场

然后一只狗

出现在舞台上

我心头一惊

然后看见

狗牵着的男人

2018 年 9 月

烟国烟民

一位大叔

在"禁止吸烟"

的牌子下

抽烟

2018 年 9 月

孤岛

阳台积水

小狗托比跳到凳子上

不敢下来

像一个人在大海中

跳上一个孤岛

2018 年 9 月

怪谁

妈妈总怪我

这做不好那做不好

我说

一瓶酒不好喝

怪酒

还是怪生产厂家

2018 年 9 月

身临其境

我在 3D 电影里

的冰天雪地中

感冒了

2018 年 9 月

尴尬

到了电影院

我发现

只有我和爸爸到场

要是我们没到

电影

就给椅子看了

2018 年 9 月

楚国

爸爸对着电话

说了一连串

我听不懂的语言

不像英语

也不像印地语

我问爸爸

这是哪国的语言

爸爸说

这是湖南土话

2018 年 9 月

出门

窗外阳光明媚
妈妈说
宝贝带把伞吧
爸爸说
晒晒太阳也好
为了尊重妈妈
我带了伞出门
为了尊重爸爸
我没把伞打开

2018 年 10 月

农业化

爸爸带我

到华贸小区玩

说这个小区商业化

那我们住的丽日

有鱼池

有青蛙叫

很农业化呢

2018 年 10 月

白蚁

我家发现白蚁

我告诉游若昕

没多久游若昕家

也发现了

好像是我家的白蚁

爬到了她家

2018 年 10 月

大人们太幼稚了

妈妈带我

和她的几个闺蜜吃饭

饭后她们聊天

我听了一会儿

发信息叫爸爸速来

接我回家

大人们太幼稚了

聊的天

一点意思也没有

2018 年 10 月

分数

老师让我们

报分数

有人报

九十五

同学：哇，学霸

有人报

九十八

同学：哇，学圣

我报一百

同学：你肯定是抄的

2018 年 10 月

不可数

我在奥英书上看到

homework 是一个

不可数名词

2018 年 11 月

快乐老爹

爸爸一早睁开眼

唱"真情像草原广阔……"

我问怎么回事

爸爸说

梦里唱得太好了

醒来忍不住再唱一遍

2018 年 11 月

猪狗我俩

属狗的弟弟

睡得像猪

属猪的我

累得如狗

2018 年 12 月

065

成长

回家路上
爸爸感慨
那个骑在脖子上的女儿
不见了
那个抱在怀里的女儿
不见了
那个背在背上的女儿
不见了
我宽慰爸爸
有弟弟呢

2018 年 12 月

疑问

听多了
"失败乃成功之母"
想问一句
成功的父亲是谁

2018 年 12 月

我的爸爸

路过面包店
我说想吃面包
爸爸让我挑
买完单
又掏出三百元
给我办了张卡
我看到的
不是三百元
是爸爸的
三个大夜班

爸爸上大夜班
半夜三点回家
喊我上完洗手间
倒头就睡了
早晨六点多
他就醒来了
我问爸爸为什么
不多睡一会儿
爸爸说上个厕所
吃吃早餐
偷偷能量

爸爸就是不说
帮我煮面条
送我去学校

冬天来了
走在嗖嗖冷风里
我把一双手
放到爸爸的
一只手掌里
取暖

2018 年 12 月

有想法的袜子

爸爸的袜子

在路上

老是自动往脚底下钻

好像那儿

有一个宇宙黑洞

2018 年 12 月

掉页

我的英语书

掉了七页

爸爸问我掉到哪儿了

我说

脑子里

2018 年 12 月

神爸爸

一道数学题

有点拿不准

请教爸爸

爸爸算出

汽车第一天运走了

货物总量的

七分之八

2019 年 1 月

一头牛

爸爸算了一笔账

每个月

给我买牛奶的钱

加上给弟弟

买奶粉的钱

可以买一头牛

2019 年 1 月

越来越野

路边停的一辆车

车身写着

"越野车"

不知谁

在前头加了两个

歪歪扭扭的字——

"越来"

2019 年 1 月

《大黄蜂》观感

按照影片的说法

外星人大黄蜂

小姑娘查莉

联手拯救了地球

才有我

看的这部《大黄蜂》

以及看完后

吃的必胜客

2019 年 1 月

突然不高兴了

刚吃了蛋炒饭

挺高兴的

可爸爸说

炒饭的蛋

是昨天被宰

的母鸡生的

2019 年 1 月

弟弟睡大觉

又哭又笑的
我都想
到他的梦境里看看了

2019 年 2 月

抽签

我写了两张字条来抽
一张是写作业
一张是玩
若抽到写作业
就再抽一次

2019 年 2 月

情人节

路过美容店
爸爸报出店名:
"亲密爱人。"
又自言自语:
"情人节。"
我说:
"等到愚人节,
它也叫亲密爱人。"

2019 年 2 月

水产区

一条鱼跳啊跳
跳进了乌龟区
被人捞回后
再也不跳了

2019 年 2 月

老夫妻

爸爸在单位
妈妈在家里
放学了
分别打电话给爸爸妈妈：
"我想看看
你们谁先到。"
结果
爸爸妈妈手挽手
来到了学校

2019 年 2 月

什么期

和爸爸

拌了两句嘴

爸爸就说我

叛逆期

我回爸爸

更年期

2019 年 2 月

找回灵感

我在路上
丢了一个灵感
眼看就要
损失一首诗
爸爸带我
沿原路寻找
果然找回来了
还多了这首诗
算是补偿

2019 年 3 月

证明

我用一次又一次的
骄傲和胜利
证明"骄兵必败"
这个词
必败

2019 年 3 月

心慌

爸爸拉着我的手
从学校回家
路过中国银行
见到三个持长枪的押钞员
我发觉爸爸的手
有小小的颤抖

2019 年 3 月

看见

我看见了
逝世的阿公
近前一看
不是他

2019 年 4 月

药

买一赠一
让人
生一次病
再生一次吗

2019 年 4 月

接芯片

看书看到

将来人脑可接芯片

抬头对爸爸说:

"不用上学了吧?"

爸爸说:

"你不打好基础,

芯片里的 XYZ 什么的,

你知道它是谁呀?"

哈哈,好吧

努力学习,发愤图强

创造条件——

接芯片

2019 年 4 月

笼中鸟

我不小心
让小鸟从笼中
飞了出来
我以为
我要失去它了
它扇扇翅膀
又飞回笼子里

2019 年 4 月

辩论赛

下午女同学

和男同学

进行辩论赛

爸爸说

宝宝不要紧张

输了没关系

我心里想的是

作为主辩手

杀他们一个

片甲不留的同时

如何给他们

留点面子

2019 年 4 月

爸爸有多少只手

爸爸接我放学

手里拿着两个袋子

一个装鸡蛋

一个装包子

手里拿着一把阳伞

一会儿撑开

一会儿收拢

一手抱着我的弟弟

见到我以后

又一手牵着我

爸爸是怎么做到的

2019 年 5 月

不沾光

我演讲后有记者采访
事后爸爸问我：
"有没有告诉她你爸的名字？"
我说我只说我叫刘茗芝
不沾你的光
我自己发光

2019 年 5 月

以妈妈的名义给自己发微信

宝宝
妈妈给你买了雪糕
今天带你吃必胜客
然后看电影
我们去接托比
不用写作业啦
妈妈爱你

2019 年 5 月

雨天

妈妈去停车场门岗
交钱
只见伸出
一个鱼兜

2019 年 6 月

撕

妈妈让弟弟撕书
说弟弟喜欢
听撕书的声音
我看到
皇帝把绸缎
给妃子撕
妃子喜欢听
撕绸缎的声音

2019 年 6 月

黑色幽默

爸爸讲他亲戚炸鱼

炸到屁股

我知道不是好事

却忍不住笑

2019 年 6 月

礼物

儿童节

爸爸送我一个拥抱

父亲节

我还爸爸两个拥抱

2019 年 6 月

遥远的喷嚏

爸爸从江油
打电话回惠州
那边一个喷嚏
把这边的弟弟吓哭了

2019 年 6 月

跳跃

爸爸看视频新闻
隔一会儿
拉一次快进条
我听到
座谈会主持了座谈会
伊朗总统在德黑兰报道

2019 年 7 月

毕业

我快乐地走出校园
爸爸说
从此以后
这儿就成了你的母校
我快乐不起来了

2019 年 7 月

规范

奥数老师

和我们讲行为规范

讲到不乱涂乱画时

放了一张幻灯片

画面上是一个小女孩

在墙壁上画画

我仔细一看

是三岁时的我

在白墙上画画

我爸表扬我画得好

发到网上了

2019 年 7 月

授受不亲

三年级时

爸爸接我放学

搭了下我同学的肩膀

同学立马跑开

并叫道：

"妈妈说，

不能让男孩子

碰我。"

2019 年 8 月

表扬

听说一个婴儿
常在熟睡中
把一瓶牛奶喝完
现在我想
表扬一下她
她是我自己

2019 年 8 月

人是鱼变的

老爸说

小朋友喜欢吃鱼

因为人

是鱼变的

我心头一惊

怪不得

鲁迅说

人吃人

2019 年 8 月

因为穷

我问爸爸

为什么口哨吹得那么好

爸爸说

小时候家里穷

买不起笛子和口琴

更买不起钢琴

2019 年 8 月

机器人

爸爸问机器人
哪里有吃的
机器人道：
"我哪晓得，
我只负责跳舞。"

2019 年 8 月

多肉

爸爸把一盆多肉
放进地球仪箱子
我说，拿出来
别让一盆多肉
毁掉半个地球

2019 年 8 月

军训后

老师问我：
"你晒了五天，
咋还那么白？"
我正看
《狂人日记》
顺口一答：
"今天晚上，
很好的月光。"

2019 年 8 月

一束光

一束光
拔地而起
我说人工的吧
爸爸说
你以为月亮
掉进你家门前的
沟里了吗

2019 年 10 月

拔河

爸爸回忆往事
我展望未来
感觉我俩
在拔河

2019 年 11 月

鸦片战争

和爸爸跑了一千八百三十米

我说

多跑十米

勿忘国耻

2019 年 11 月

一路看到的事物

夕阳

白鹭

彩灯

花草树木

路边店的金鱼

……

都是免费的

2019 年 11 月

车餐

为挤出时间

预习

复习

背书

做作业

写作文

传语音

我的早餐晚餐

都是在

妈妈开着的

送我接我的

小车上吃的

2019 年 11 月

质疑

想找一只

千年老龟

问问它

我学的古代史

是不是真的

2019 年 11 月

快嘴

真正的快嘴

都在我面前的

网络课堂上

为赶时间

我开启倍速播放

每位老师讲课

都像放连珠炮

2019 年 12 月

脊背发凉

遇到锯断的树

妈妈停下来

一边数断树的圈圈

一边对我说：

"一圈就是一年。"

爸爸插嘴：

"也可以通过

数骨头的圈圈，

得知人的年轮。"

2020 年 1 月

抖音

我爸一边和我
谈严峻的形势
一边在仪器上
快速跑步减肥
声音抖得不行

2020 年 2 月

理由

妈妈叫爸爸洗碗
爸爸不动
爸爸说写书法的手
不能洗碗
不知明天
爸爸会不会说
写诗的手
也不能洗碗

2020 年 3 月

榕树下的少年

宅家几个月

星期天拜访校园

看见宋朝栽下的

大榕树下

一排少年

生龙活虎

宋朝的

元朝的

明朝的

清朝的

还有我

2020 年 4 月

遗憾

我冒充哈佛

亲子教育专家

给我妈上课

几个月时间

差点就把我妈

教育成好妈妈

被我爸发现

终于穿了帮

好遗憾

我还有一大堆

教育家长的绝招

没有使出来

2020 年 4 月

上学前

清早起来

发现头发油腻

突发奇想

把面粉撒在头上

看向镜子里

那灰白的头发

我仿佛看见了

老去的自己

我急忙

拿水往头上泼

突然想到

在高温下

水加面粉会发酵

太阳升起时

我的头发

会不会突然

蓬起来

2020 年 5 月

啥叫叛逆

出版机构策划了一部
以我为女主角的小说
这本书一出
我的形象可就毁了
策划案中的女主角

追星，早恋，打游戏

作为原型

我不追星，不早恋，不打游戏

我想请口口声声

说我叛逆的爸爸妈妈

看看策划案中的女主角

领会一下啥才叫叛逆

回头看看

现实中的女儿

多么优秀

2020 年 6 月

乱时光

一岁半的弟弟

爱玩客厅的时钟

把一家人的时光

拨得乱乱的

2020 年 6 月

造童

妈妈说

那个三岁雪地裸奔

八岁考上大学

十岁大学毕业的男孩

是神童

我说

是造童

2020 年 7 月

短命皇帝

我爸聊先祖

西汉昭帝二十一岁就死了

太可怜

我爸可能忘了

东汉的皇帝

殇帝两岁

冲帝三岁

质帝九岁

2020 年 8 月

经商记

我很小的时候

用微信号

卖创意

卖图片

赚过不少钱

两大主顾

一个是我的爸爸

一个是我的妈妈

2020 年 9 月

录音树

玲阿姨说

她今天一个人

走在树下

仿佛听见

我小时候的

跺脚声

尖叫声

我想一定是

大树的树纹

记录了

我的声音

2020 年 9 月

传宗接代

生个男孩吧

传宗接代

一定是个男孩

传宗接代

肚子尖尖的

一看就是男孩

传宗接代

该不是坐着皇位吧

需要传宗接代

2020 年 10 月

黄昏

幸亏我及时发现
要不然大海
伸出的浪花大手
就抢走了
我爸搁在海滩的
一双小拖鞋

2020 年 10 月

村姑

我梳了一个
有点老土的发型
马上觉察到
爸爸投过来
看老家马头山村姑的
眼神

2020 年 11 月

课本

若我今后

写文章出了名

我会拒绝

将我的作品收入课本

原因有两点：

一是老师会带着学生

仔细分析

内容、情感、主旨

我觉得作者

都没想那么多

二是课本上的文章旁

会放上作者的照片

有些学生

会在照片上画画

我可不想将来

被人画上胡子

2020 年 12 月

重量

突然觉得
目光也有重量
我说的是
我爸爸
看我的目光

2021 年 1 月

爸爸在讲一首诗

爸爸讲数学

讲斐波那契数列

爸爸说

比如松果、凤梨、树叶

它们的排列

比如蜂巢的小小房间

蜻蜓的薄薄翅膀

还有向日葵、飞燕草

万寿菊、梅花

它们渐次呈现的花瓣数

都与数列

完美吻合

感觉爸爸

在讲一首诗

2021 年 3 月

笑脸

我弟把蚊帐
戳了一个洞
我妈用针线
在破洞之上
绣出一个笑脸

2021 年 4 月

起舞

猪肉脯的
包装盒上
一群小猪
快乐起舞

2021 年 4 月

代沟

亲戚用软件
把我弟的头像照片
变成小老头
我觉得好玩
我妈却伤感得
快掉眼泪

2021 年 5 月

题

爸爸讲
一道数学题：
宝宝上学路上
发现忘带饭盒
打电话给妈妈
妈妈送到路上
题目求
打电话时与妈妈的距离
多久后到达学校
家与学校相距多远

我爸突发奇想
与我一起求解
一个题中没有的问题：
妈妈送饭盒的
速度有多快
真的求出来了
是正常状态时的三倍

这已经不是
一道数学题

2021 年 6 月

通报

年级通报学生早恋
只通报男的
不通报女的
搞得像那男的
自己跟自己谈恋爱似的

2021 年 7 月

农药

不只带走了
作物的病虫害
还带走了
农村
深山里
被拐卖的
对生活绝望的
妇女的生命

2021 年 8 月

120

调侃

下课铃一响
一个男同学
箭一般向外冲
一个同学
在他身后喊：
"你老婆生了呀？"

2021 年 8 月

小时候

好奇天是怎么变黑的

拿个小板凳

坐在窗台

目不转睛

盯着天空

但每次

都坚持不到十分钟

就放弃了

2021 年 9 月

我的近视眼

为那片湖

添了几分

朦胧的诗意

2021 年 9 月

122

台风的尾巴

接我的爸妈

异口同声问

是否不开心

怎么电话里

说话带哭腔

爸妈没想到

是台风尾巴

把我的声音

扭成了颤音

2021 年 10 月

悲伤摩托

透过车窗看到
一辆摩托车
从下埔到东平
一路呜呜
像遇到了伤心事
像受了委屈

2021 年 10 月

请孔子吃辣条

考试前夕
校园的孔子雕塑
会收到辣条
还有巧克力

2021 年 11 月

形象

我妈周末值班
我爸在家
照顾我和弟弟
晚上九点
爸爸一手搂弟弟
哄他入睡
一手持翻页器
给我上课
又当爹又当妈的
样子
又为父又为师的
样子
定格在我脑海

2021 年 11 月

等等我

弟弟一脚

把足球踢出

然后

一边追赶

一边大喊

等等我

2021 年 11 月

不好听

弟弟说

爸爸快别打喷嚏

爸爸说

这是咳嗽

弟弟说

那爸爸快别咳嗽

咳嗽

也不好听

2021 年 12 月

窥一斑见全豹

到了学校

天才全亮

发现脚上穿的袜子

两只不同

哑然失笑

可这无关幽默

无关不小心

这个细节

是一块斑纹

窥见初中毕业季

忙乱生涯

这只全豹

2021 年 12 月

概率学

爸爸问我
从一袋红球和
一袋白球中
摸出一个黑球
是什么事件
我随口答
灵异事件

2021 年 12 月

买花生

卖花生的婆婆
回了家
爸爸扛着十斤
卖不出的花生
也回了家

2022 年 1 月

真假

爸爸对我

讲了一个荒诞不经的

死而复生的故事

讲完后

爸爸特意补充一句：

一个真实的故事

2022 年 1 月

老爸减肥

我爸买回

八十粒减肥糖

太好吃

一天吃完了

第二天收到吃法

早晚各一粒

连吃四十天

2022 年 1 月

请大树给一片树叶

风吹走
弟弟手中的树叶
弟弟走到树下
抬头说
大树
再给我一片

2022 年 2 月

反比例

无限接近
永不相交

2022 年 2 月

阻挡

初一寒假时
想出去旅游
被疫情阻挡
初中快毕业时
疫情还挡着

2022 年 3 月

减法

我爸考上初中
把小学毕业证扔了
考上高中
把初中毕业证扔了
考上大学
把高中毕业证扔了
考上研究生
把大学毕业证扔了
我爸说
等把退休证办下来
把其他证都扔了

2022 年 3 月

定格

户口本上
我的学历一栏
显示"小学"
久看之下
字迹模糊
一会儿
定格为"博士"

2022 年 3 月

伞坏了

我提着雨伞
走在雨中

2022 年 4 月

地球游戏

上帝忘记更新了

这生活

日复一日地

重复老样子

2022 年 4 月

飞马

和爸爸说想拥有

一匹飞马

几天后

爸爸给我买回

一部古代神话

2022 年 4 月

嫩爷爷

生态园里
长胡子的山羊走过来
我妈喊：
"树宝树宝，
山羊爷爷来了！"
山羊的主人
抛过来一句：
"这只羊，
去年生的。"

2022 年 4 月

下雨了

三岁的弟弟说
我和天空玩一会儿水

2022 年 4 月

弱者生存

我以为
小鱼
是饿死的
没想到
是撑死的

2022 年 5 月

回车键

步行往市图书馆
想晚修两小时
到了门口才知休馆
恨不得我的面前
跳出一个回车键

2022 年 5 月

自豪

扭伤腰

忍痛参加体育中考

获得满分

我觉得可以自豪一辈子

妈妈说

将来和你的孙子说

还自豪三代人呢

2022 年 5 月

怎么停的

弟弟说，姐姐

妈妈今天把小树林

停到车里了

2022 年 5 月

成为光

肆意奔跑
永不停歇
望向天空
外面的黑暗漫无边际
但我看见了光

瞧见光芒
无比渴望
迷失自我
潸然泪下
我想知道为什么

今夜繁星隐匿
愁绪萦绕心间
我看见了光
你是否知晓
弹指间泪水盈眶
心冷如冰

你宛若熊熊烈火
光芒万丈
我从未言弃

从未停息

憔悴不堪

向你奔赴而去

并与你并肩作战

玫瑰绽放

万物芬芳

我追寻着光

恍然大悟

坚定自我

勇敢尝试

努力奋斗

不必心怀过深执念

挣脱桎梏

如鸟儿般自由翱翔

尽管有时

这看似疯狂

我追寻着光

你是否知晓

我想成为

那个自带光芒的人

我坚信

最后的胜利将属于我

奔向落日，盼望朝阳

我追寻着光

登上高峰

艰难无比

焦虑惆怅

涌上心头

但日日夜夜

我始终在路上

只因我想成为

众人仰望的那道光

他们问我为什么

次复一次

尝试不止

只因我想成为

众人仰望的那道光

2022 年 6 月

舒服会烂掉

三岁的弟弟

走到开阔清凉处

又蹦又跳

大喊太舒服了

我说别乱跳

我拉着你吧

他说姐姐别拉

你一拉

舒服就烂掉了

2022 年 7 月

送爸爸上考场

爸爸参加职业生涯

最后一次考试

我为爸爸准备了

专用铅笔

中性笔

橡皮擦

一套三角板

一个孔庙祈福签

就像小时候

爸爸为我准备的一样

2022 年 8 月

手相

我的事业线

比生命线长

难道我死后

还要在地府里

搞事业吗

2022 年 9 月

下辈子

1

要当男孩还是女孩
生在哪个家庭
从事什么职业
当一个怎样的人
算了
等我快死时再想这些
现在要想的
是面前的一道
数学题

2

是要当知名导演
还是大学教授
没关系
我有不止一个下辈子
况且
我还有这辈子

3

这辈子的人生刚开始
我已在规划下辈子

4

这辈子的生活

也许是上辈子的理想

下辈子的理想

为何不这辈子实现

5

有人欲轻生

爬上高楼

突然决定

不跳了

别人问其原因

说是因为

出生日期

很好听

怕下辈子

碰不到

这么好听的

2022 年 9 月

再拍几张照片

趁手机

还有一点电

趁天上

还有一点光

2022 年 10 月

人性

渴望已久的机会

摆在你眼前

比起做出

利益与道德的选择

你宁愿其

从未出现

2022 年 10 月

147

左手轻抚右手

我欣慰地看着

我的两只手

相处得很好

2022 年 11 月

飞马测试

未通过测试的飞马

将被抹除于社会

她砍断双翅

伪装成普通的陆马

藏于群中

保全了性命

但再也无法

翱翔天空

2022 年 11 月

学习生物防自尽

身体里

装着各种

器官

组织

就连小小细胞里

都有很多东西

它们都好好的

在高处

你一跳

它们

全部坏掉

2022 年 11 月

另一个我

当出现一个

外表

性格

思想

和我完全一致的人

我们本可以

做好朋友

相互倾诉任何事

做彼此在世上

唯一的知音

可惜她从未想

当一个复制品

她的使命

是终结我的生命

2022 年 11 月

幸福

妈妈叫我起床

我故意憋气

久叫不醒

她试了试

我的鼻息

随即大哭

白色的

灯光

床单

与鲜花

黑色的

衣服

哭泣的人群

躺在人群

中间的我

真开心

他们懂得了珍惜

2022 年 11 月

151

一块糖

分组后

为了让她们

不要忘记我

我往每人桌上

放一块糖

不能每天放

要隔天放一次

这样若我

哪天忘记了

她们也不会在意

不能当面给

只能偷偷放

因为如果

我没听到"谢谢"

我会不开心

不能连续给

相同的口味

因为我怕她们吃腻

把糖扔掉

每块糖的糖纸上

要写上我的名字

不然她们

不知是谁给的

我做的一切

都是徒劳

一块糖的背后

是一种很累的活法

2022 年 11 月

电影

你所创作的整部电影

也许只是

别人电影中的一幕

2022 年 12 月

纯净永恒

罪恶的游戏

叫人做两难抉择

结束自己的生命

将无法轮回

结束他人的生命

虽带着罪孽

但至少能够转生

正思忖着

突然一把利刃

刺入他的心脏

算是能以

保持了一生的

纯净灵魂

轮回转生

2022 年 12 月

怎么办

野餐回来
弟弟问我：
"姐姐，
托比的影子
掉在公园了，
怎么办？"

2023 年 1 月

《史记》为什么不更新

历史没有完结
作者完结了

2023 年 2 月

人生是一场电影

有人说

自己是编剧

电影剧本

由自己书写

有人说

自己是演员

剧本早已

被他人写好

自己只是按照

剧本上的情节

演完整部电影

剧本是否早已完工

命运是否本已注定

得问导演

是头顶三尺的神明

还是自己的灵魂

2023 年 2 月

人生是一场游戏

是单机游戏
我身边的人
是 NPC^①
这个世界
只属于我

还是多人游戏
我身边的人
是玩家
这个世界
人人共享

还是我本是
NPC 中的一员
在规定程序下
度过一生

游戏创作者
意图何在
我的存在

---

① non-player character，非玩家控制角色。

又有何意义

也许在游戏中

留下自己的痕迹

便是人类

存在的价值

2023 年 2 月

照镜子

眼睛

看着

眼睛

2023 年 3 月

睡觉

睡觉

是介于

生死之间的

一种状态

若你觉得

活着太累

又不甘心死

那就

去睡觉吧

2023 年 3 月

传家宝

一个人
送了奶奶
一件礼物
奶奶很喜欢
将其视为
传家宝

奶奶过世后
传家宝
又传回了
那人手中

2023 年 3 月

每次进学校

保安开门时
我都会把自己
想象成特工
成功混入了
目的地

2023 年 4 月

放生论

妈妈提议
将小狗托比
放生到野外
我爸反对
圈养的动物
放生等于放死

2023 年 4 月

河滩

人在河滩走
总会遇到
挖坑的人

2023 年 5 月

弟弟

弟弟在沙滩上
造了十几个洞
然后说：
"姐姐，
你别把这些洞弄死了，
我要带回家的。"

2023 年 5 月

162

老鼠药

老鼠药

把猫

毒死了

2023 年 6 月

地球仪

用过的地球仪

放在屋角

布满灰尘

大洋和陆地

都有伤

2023 年 6 月

伟大

你们生性善良

所作所为

皆为正义

你们崇高神圣

代替上帝

审判生灵

你们处死了一个

罪恶之人

多年过后

要么淡忘

要么想起

自己当年

做了一件

伟大的事

2023 年 6 月

当有人

看透了
万物的本质
生命的意义
人类的渺小
这个世界
便已配不上他
他的灵魂
会飞向一个
更高维度的世界

2023 年 7 月

高空杂技

没有安全措施

演员于空中

飞舞

翻转

观众在台下

大笑

欢呼

唯有一人

在人群中

独自抹泪

2023 年 7 月

天使

下凡历练

藏匿于人间

混入人群中

承受比旁人

更多的痛苦

完成使命后

便可以回家

你们对于这个世界

很有价值

愿你们幸福快乐

好好活着

天堂欢迎你

我们终将永生

2023 年 7 月

人类

人类

分为三种：

第一种

按固定程序生活的 NPC

内心本就无情

自然不会有情感外露

第二种

将快乐与悲伤传递给社会

影响他人的鲜活人类

内心情感丰富

且将喜怒哀乐写于表面

第三种

上帝派来平衡世界

自身内耗

消化痛苦

对外保持微笑

温暖他人的使者

情感丰富却不外露

万千思绪藏于心底

当你成为第三种人

不幸的是你

幸运的

是人类

是这个世界

2023 年 7 月

昨天路过几台除草机

一早醒来

万籁俱寂

突然呕出

一串噪声

2023 年 8 月

天空太空了

白云乌云

低处的山岭和草木

流水与岸

行走的人及动物

都是多余的

可天空什么也没有

天空太空了

2023 年 8 月

星光

星星的光

走到我们看得见

星星已经

死了多年

多像人类星河中的

巨星

物质的身体

早已灰飞烟灭

散发的光

一路走下来

仍在走

2023 年 8 月

故乡

我想象浩渺星际

比思考现实人间

更多一些

有若漂泊的人

思念故乡

2023 年 9 月

星空

没有一颗星

专为一个人闪耀

如果你高兴

你可以认为

所有的星星

都是你一个人的

2023 年 9 月

172

我的小鸭很怕冷

但这个世界

就是冷的

小鸭，小鸭

跑起来

跑出这个冰冷的世界

就不会冷了

飞吧，飞吧

去太阳上面游泳

那里是

温暖的源头

让我

永远，永远

留在这里

2023 年 10 月

两只小鸭

一只喜欢
温暖的灯光
一只喜欢
明媚的阳光

2023 年 11 月

善良

弟弟提醒
书本中
动画中
跳跃的人
小心一点

2023 年 12 月

小学课堂游戏

一条河

一条船

五个至亲在船上

将其

逐一抛下河

2023 年 12 月

鸟巢

晚上再看

发现湖畔榕树上

一个个鸟巢

孵着的

不是小鸟

是一盏盏夜灯

2024 年 1 月

走着走着

有人将躯壳

落在半路

有人

落了灵魂的躯壳

一直

向前走着

2024 年 2 月

新生

服毒后

被告知

生命只剩十分钟

倒计时结束的

那一刻

刚好

从梦中醒过来

2024 年 2 月

恐怖谷效应

我堆了一个
面带笑容的小雪人
走后一群小朋友围过去
回来一看
雪人和之前一样
只是笑脸
被填平了

2024 年 2 月

我最开心的一天

五岁那年的一个周末

和爸爸妈妈

去小溪中捡螺子

我不记得

此后是否

有更开心的日子

只记得

那天结束时

我将其设为

我最开心的一天

2024 年 2 月

茗芝爸爸的几句话

茗芝已满十六岁，临近高中毕业。她说要做一个有大爱的人，一个有益于社会的人。这正是我所期待的。爱，喂养了全部时空。时空无言，却包容万物，时空是有大爱的。作为人，如果能躬身扶起一棵小草，能善待自己和他人，也就达到了时空般无言包容万物的境界。生命应像生长的草木，真实而自然，坚定而生动。茗芝将爱与关怀融入作品，从而使作品灵动而富有生机，与人品一致。

《惊人的诗》是茗芝的第四部个人作品集，主要收录茗芝从六岁到十六岁的部分诗作。此前，茗芝于 2011 年由北京九州出版社出版了《茗芝童谣》、2015 年由北京现代出版社出版了《茗芝诗歌》、2022 年由香港极致出版社出版了《我画的树太漂亮了》。此外，茗芝为自己的诗作《成为光》英文版谱曲并演唱，单曲于 2022 年由广东惠州音像出版社出版发行。

出版的这些作品，都是茗芝在成长路上送给自己的礼物。曾有人质疑：作为诗人的爸爸，是否修改了孩子的作品？是否代写了？我曾多次表明，在此再次负责地表明：我从来不会改动孩子所写的文字，亦不会代笔。就写作而言，我甚至觉得，孩子才是我的老师。诚然，其纯净的心灵和文字，是我想学也学不来的。这些年，茗芝作品的发表与出版，得到不少长辈的扶持，茗芝和我，深怀感激。

2024 年 6 月